AF455526

Déposé à la Bibliothèque impériale.

Signature de l'Auteur.

LA CLEF DES PARTICIPES.

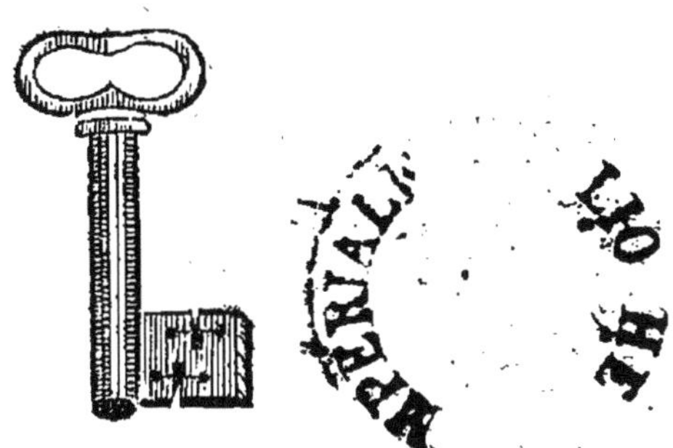

PAR V. A. VANIE.

Tel est le résultat d'un mauvais mode d'enseignement, qu'il nous laisse encore plus de préjugés à déraciner que de choses neuves à apprendre.

(PRÉFACE, *page* 8).

Prix, 80 *centimes*, *broché*.

A PARIS,

CHEZ
- G. A. DEBRAY, rue S. Honoré, nº. 168, vis-à-vis celle du Coq.
- ARTHUS BERTRAND, rue Hautefeuille, nº. 23.
- LENORMANT, rue des Prêtres S. Germain-l'Auxerrois, nº. 17.
- NYON jeune, quai de la Monnaie, nº. 13.

1807.

PRÉFACE.

Pourquoi nous fait-on faire nos études en latin? L'habitude s'en est tellement prise, que beaucoup de respectables pères de famille s'imaginent encore aujourd'hui qu'il serait impossible de mettre l'orthographe française sans être latiniste. Notre langue est en grande partie dérivée du latin, il est vrai; mais notre construction, le systême de nos conjugaisons, l'indéclinabilité de nos substantifs et de nos pronoms, la déclinabilité de notre participe dans certains cas, le génie de notre langue, tout enfin doit rendre nos grammaires essentiellement différentes des rudimens latins; et cependant elles en sont presque la copie. D'où provient cet abus? car c'en est un. Ici je transcrirai littéralement ce que dit à cet égard M. Pierre Daru, dans sa Dissertation sur les participes.

« Ce ne sont pas les grammairiens qui » président à la création des langues; ils » arrivent après les écrivains : ils observent » les faits, les classent, et tâchent de les » ramener à des principes généraux. Les

» grammairiens ont d'abord étudié le sys-
» tême des langues anciennes ; et de ce
» que les langues modernes en ont tiré
» leur origine, ils ont conclu qu'elles
» devaient en avoir adopté les règles. En
» cela ils se sont trompés, comme ferait le
» physicien qui voudrait trouver dans un
» climat l'application des principes résul-
» tant des observations faites dans un
» autre. »

Depuis long-temps des hommes instruits, qui se sont fait une réputation méritée dans la partie de l'enseignement, ne cessent de répéter qu'il faut nous faire faire nos études dans notre langue. Pourquoi d'aussi salutaires conseils ne sont-ils pas suivis ? C'est que malheureusement pas une de nos grammaires ne tend directement à ce but ; elles sont toutes trop savantes, et plus ou moins latines.

Celle qu'il nous faudrait pour cela ne devrait point être un simple recueil de règles et d'exceptions offertes à la mémoire locale et routinière du jeune âge qui retient jusqu'aux taches du papier. La logique devrait en être la base ; au lieu d'énerver la mémoire, elle exercerait le jugement. Ce serait un livre à l'aide duquel les élèves feraient eux-mêmes leur grammaire, et c'est alors qu'ils la sauraient. Il ne s'agit pas de dire aux autres, *faites comme cela*, il faut leur démontrer clairement pourquoi ils doivent le faire; autrement, ils n'apprendront qu'à être routiniers. C'est en vain qu'on objectera que la logique doit suivre l'étude de la grammaire; j'ose avancer, et je ne suis pas le seul de cet avis, que nous n'obtiendrons de progrès rapides de nos élèves, qu'autant que nous en ferons, de bonne heure, des logiciens; c'est-à-dire, quand nous ferons marcher de front la logique avec la grammaire. Mais c'est dans notre langue maternelle que nous devons faire cette étude, parce qu'étant familiarisés avec les expressions, nous n'avons plus qu'à nous attacher exclusivement aux idées.

Il est presque passé en proverbe que les participes sont l'écueil des grammairiens. Mais la difficulté ne vient uniquement que des règles vraiment latines auxquelles nous nous obstinons à vouloir les ramener. Renonçons à chercher dans le *Latium* les principes de notre langue; commençons à croire qu'elle a son génie particulier, son orthographe et sa construction. Alors nous verrons que la déclinabilité de nos participes est basée sur des règles vraiment françaises ; que la seule qui existe pour le participe passé, n'a été admise que pour donner plus de clarté aux phrases où nous nous permettons des transpositions ; que, pour savoir cette règle à fond, bien entendre les bons écrivains qui s'y sont ponctuellement conformés, et se mettre à portée de s'y conformer soi-même, il ne faut que connaître l'accord de l'adjectif avec son substantif, et savoir faire la différence du sujet au régime d'un verbe. Après cela, il faut oublier, s'il se peut, tout ce qu'on a appris de verbes *actifs*, *passifs*, *neutres*, *réfléchis*, etc. ; nomenclature aussi embrouillée qu'inutilement admise en français ; car tel est le résultat d'un mauvais mode d'enseignement, qu'il nous laisse encore plus de préjugés à déraciner, que de choses neuves à apprendre.

Il viendra peut-être un temps où nous apprendrons le français par le français, et non par le latin. Ce sera alors que nous saurons réellement notre langue, et que nous ne nous trouverons plus, comme par le passé, dans la dure nécessité de recommencer nos études au sortir des collèges. Ce tems viendra quand nous aurons des grammaires et des écoles vraiment françaises. Mais le Gouvernement, dont l'œil surveillant embrasse tout à la fois, ne laissera pas échapper à ses regards la partie de l'instruction publique. Une nouvelle méthode est désirée; elle aura lieu.

Les plus grandes difficultés de la langue française sont les phrases construites avec le participe passé employé comme verbe, parce qu'il est, suivant le cas, déclinable ou non. Cette règle n'est qu'un jeu. J'ai pour moi plusieurs années d'expérience dans un enfant d'onze ans, à qui cette partie si épineuse n'a pas plus coûté qu'à connaître la différence du singulier au pluriel. Cette facilité a surpris plusieurs personnes éclairées qui m'ont engagé à publier ma méthode. J'ai cru devoir consulter plusieurs membres de l'Institut, avant de m'y déterminer. J'ai trouvé en eux cet esprit communicatif qui caractérise le vrai talent, et, j'ose le dire ici, des approbations encourageantes.

Rempli du désir de me rendre utile à la jeunesse, dont l'éducation doit vivement intéresser la société, j'offre ce petit *Traité du Participe* au public. Rien n'y est disposé pour être appris par cœur; tout, au contraire, y est offert au raisonnement. Le principe en est simple ; il demande plus de réflexion que de mémoire locale, et, sous ce rapport, il pourra intéresser.

J'invite les personnes qui voudront en retirer quelques fruits, à ne passer à un nouveau chapitre qu'après avoir bien compris le premier, et s'être fait elles-mêmes plusieurs exemples dans les mêmes constructions.

LA CLEF DES PARTICIPES.

INTRODUCTION.

Il n'y a qu'une seule règle pour le *participe passé* employé comme verbe ; il est indéclinable.

La seule exception est de le décliner quand il a un régime direct formellement exprimé avant lui. Alors il s'accorde avec son régime en genre et en nombre.

---

(1) Si on veut se rendre compte du pourquoi, il faut observer que nos substantifs et nos pronoms relatifs sont indéclinables, et que la place qu'ils occupent dans la phrase est le seul moyen que nous ayons pour les reconnaître comme sujets ou régimes du verbe ; c'est-à-dire, comme faisant ou recevant l'action.

C'est parce que nous manquons de déclinaisons en français, que nous sommes obligés de nous astreindre à une construction méthodique dont nous ne pourrions nous écarter, sans dénaturer le sens de la phrase. Par exemple, dans celle-ci :

Pierre (1) aime (2) Paul (3).

Nous ne considérons *Pierre* (1) comme sujet, que parce qu'il précède le verbe ; et *Paul* (3) comme régime direct, que parce qu'il le suit. La construction française demande donc 1°. *le sujet* ; 2°. *le verbe* ; 3°. *le régime direct.*

(2) Quelqu'un qui se permettrait d'écrire *Paul Jean aime* ou *Jean Paul aime*, ne serait point entendu ; parce que le sujet et le régime, étant tous deux exprimés avant le verbe, se trouveraient confondus : il serait impossible de les reconnaître. Rien, ici, ne tend à distinguer celui des deux qui fait l'action ou qui la reçoit.

(3) Nous pouvons cependant nous permettre quelquefois ces sortes de transpositions, mais seulement dans *les tems composés* de nos verbes, parce que le participe, prenant le même genre et le même nombre que son régime transposé, le fait de suite reconnaître.

Exemple. *Quelle personne* (3) *votre frère* (1) *a-t-il rencontrée* (2) ?

Le participe *rencontrée*, au féminin singulier, ne laisse pas le moindre doute que le substantif *personne* ne soit son régime. Donc c'est votre frère qui rencontra ou qui a rencontré la personne.

(4) Nous pourrions même faire une transposition encore plus marquée en mettant le sujet à la place du régime, et ce dernier à la place du sujet, sans que la phrase en fût moins claire.

Exemple. *Quelle personne* (3) *a donc rencontrée* (2) *votre frère* (1) ?

La déclinabilité du participe indique encore ici que le régime précède et doit être au féminin singulier. Alors nous aurons le substantif *personne*, d'où nous devons conclure que *votre frère* est le sujet du verbe, quoiqu'il occupe ici la place assignée au régime.

(5) Si nous voulons au contraire que ce soit la personne qui ait rencontré votre frère, nous cesserons de décliner le participe. Nous aurons une construction simple, où le régime occupera sa place après le verbe; et nous écrirons :

Quelle personne (1) *a donc rencontré* (2) *votre frère* (3) ?

L'indéclinabilité du participe n'indique plus de transposition. *Quelle personne* (1) est bien le sujet, et occupe sa place avant le verbe. *Votre frère* (3), qui est son régime direct, est exprimé après. Le régime de l'autre phrase est le sujet de celle-ci, comme l'autre sujet devient ici le régime.

Voilà cependant comme un *e* de plus ou de moins peut donner à la même phrase un sens tout différent.

La seule attention que doit avoir celui qui écrit, c'est de prendre garde où il place le régime, et de ne décliner le participe-verbe que quand le régime est transposé, puisque, sans cette précaution, le régime se trouverait confondu avec le sujet. Hors ce seul cas, le participe-verbe est indéclinable. Cette règle est *la seule* qu'aient suivie les meilleurs auteurs ; les phrases à simple, double et triple verbe doivent s'y rapporter, comme nous aurons plus d'une occasion de le remarquer dans le cours de cet ouvrage.

(6) Si nous observons que nos pronoms relatifs sont indéclinables et très-fréquemment employés comme régime direct transposé, nous reconnaîtrons qne la déclinabilité du participe sera d'un grand secours pour rappeler aux yeux du lecteur le genre et le nombre du substantif que tel pronom représente. Quand nous n'aurions que le personnel *se* employé dans certains cas comme régime direct, et dans d'autres comme régime indi-

rect, cela seul suffirait pour nécessiter la déclinabilité du participe. Dans *elles se sont coupées*, nous déclinons le participe, parce que *se*, son régime direct, est exprimé avant lui ; c'est comme s'il y avoit *elles ont coupé elles* ; mais dans *elles se sont coupé une robe*, nous laissons le participe indéclinable parce que le régime directe *robe* est exprimé après lui. *Se* n'est plus ici que régime indirect. C'est comme s'il y avoit *elles ont coupé une robe à soi, ou à elles.*

Voilà tout le systême de la déclinabilité du participe. Est-ce bien là une difficulté ? Fallait-il des volumes pour établir une question aussi simple !

(7) La pluralité des verbes une fois admise en français, on a été obligé d'envisager le participe sous le rapport des différens verbes ; ensuite d'avoir égard aux auxiliaires : delà sont venues les exceptions. C'est ainsi qu'un premier faux pas en entraîne un autre, et que nous nous écartons de plus en plus du but, tout en redoublant d'efforts pour nous en rapprocher.

(8) Nous n'avons en français que le verbe *être* ; nous lui donnons le surnom de *substantif* par opposition à tous les autres nommés *adjectifs* qui le prennent pour base. *Etre* peint l'existence du sujet ; il sert comme de ciment, si j'ose me servir de cette expression, pour lier une idée modifiante à l'idée principale qui devient modifiée. Or, comme tout

modificatif n'est qu'un adjectif, parce qu'il peint l'idée secondaire ajoutée au sujet ; tout autre verbe que le verbe *être* est appelé verbe *adjectif*, parce qu'il porte avec lui l'adjectif qui modifie le sujet. Par exemple, en disant *la maison est grande*, le verbe *être* attire à lui l'adjectif *grande*, pour le reporter sur le substantif *maison*. *Grande* n'est donc autre chose que le modificatif de *maison*. *Grande*, joint au verbe *être* forme le verbe *adjectif être grand*. Pourquoi *être grand* est-il un verbe *adjectif*? Parce qu'il peint non-seulement l'existence du sujet, mais encore la modification du sujet. Sans le modificatif *grande*, qu'eût signifié *la maison est*...? Ce n'eût été là qu'un commencement de phrase, et non un sens complet. Pourquoi? Parce que nous ne parlons d'un être que par un motif quelconque, et que ce motif devient par cela seul une idée secondaire mise en rapport avec lui ; ce qui s'appelle comparer ou juger. Donc, nous n'ouvrons la bouche que pour prononcer des jugemens. Il ne peut y avoir de phrase sans jugement ; c'est-à-dire, sans comparaison d'au moins deux idées, puisqu'il n'y a pas de comparaison où il n'y a qu'un seul objet. L'idée secondaire mise en rapport avec le sujet existant, modifie le sujet ; c'est-à-dire, lui donne une manière d'être particulière, qui est positivement le motif pour lequel nous parlons de lui.

(9) Il n'y a que deux sortes de modifications. Ou nous modifions le sujet en lui attribuant une manière d'être qui n'est qu'en lui et pour lui, ce qui s'appelle exprimer l'*état* du sujet ; ou en lui imprimant un mouvement soit physique soit moral ; ce qui s'appelle exprimer l'*action* du sujet. Toutes les fois que nous parlons d'un être, nous n'avons qu'un seul but, c'est de dire l'*état où il se trouve*, ou *l'action qu'il fait ?* Le mot qui exprime l'*état* ou l'*action* du sujet, s'appelle *verbe*. Il a ses tems, ses modes, etc., parce qu'*un état* ou *une action* ne sont que momentanés, qu'ils peuvent avoit lieu à présent, avoir eu lieu hier, ou n'avoir lieu que demain, et être attribués à plusieurs personnes différentes, comme à chacune en particulier.

(10) Tout verbe adjectif qui exprime l'*état* du sujet, se construit avec le verbe substantif *être*, auquel on ajoute un modificatif qui devient l'adjectif du sujet. Un substantif est quelquefois employé comme *adjectif* pour modifier le sujet.

Exemple. *Je suis peintre ; tu es poëte ; il est orateur ; elles sont actrices ; ils sont danseurs ; nous sommes musiciens ; elles sont musiciennes.*

De même un participe joint au verbe substantif *être*, exprime l'*état* du sujet, et non pas *son action*. Il est l'adjectif du sujet.

Exemple. *Je suis obligé*, ou *obligée*; *tu es fatigué*, ou *fatiguée*; *il est forcé*, ou *elle est forcée*; *nous sommes habillés*, ou *habillées*; *ils sont sortis*, ou *elles sont sorties*.

Tout adjectif joint au verbe substantif *être* exprime l'*état* du sujet.

Exemple. *Je suis heureux*, ou *heureuse*; *tu es bon*, ou *bonne*; *il est prudent*, ou *elle est prudente*; *ils sont obligeants*, ou *elles sont obligeantes*; *nous sommes contents*, ou *contentes*.

Dans tous ces exemples, nous avons formé des *verbes adjectifs* qui ne peignent que l'*état* du sujet. Aucuns de ces verbes ne peuvent avoir de régime direct. L'*état* est adhérent; il ne peut sortir du sujet.

(11) Il n'en est pas de même de nos *verbes* d'*actions*; nous avons des formes abrégées pour les exprimer, en sous-entendant le verbe *être*. C'est ainsi qu'*aimer*, veut dire *être aimant*; *finir*, *être finissant*; *voir*, *être voyant*; et *prendre*, *être prenant*. Nous peignons ici le *sujet* comme agissant par lui-même; nous lui imprimons un mouvement. Par fois l'*action* peut sortir du *sujet*. Beaucoup de ces verbes ont un *régime*. Plusieurs ne peuvent s'en passer.

(12) Les tems composés de tout *verbe* d'*action*, se conjuguent avec l'*auxiliaire avoir*. *J'ai chanté*, *tu as ri*, *nous avons joué*, *ils* ou *elles ont couru*, *vous avez dormi*.

(13) Nous avons des verbes qui peignent

alternativement l'*état* et l'*action* du *sujet*. Leurs tems simples peignent l'*action*, et leurs tems composés peignent l'*état* dans lequel se trouve le *sujet* qui a cessé d'agir. Aussi se conjuguent-ils avec *être*. Tels sont *monter*, *descendre*, *arriver*, *partir*, *venir*, etc.

Je monte, *tu descends*, *il arrive*, *nous partons*, *vous venez*. *Je monterai*, *tu descendras*, *il arrivera*, *nous partirons*, *vous viendrez*, peignent l'action du *sujet*.

Mais *je suis monté*, ou *montée*; *tu es descendu*, ou *descendue*; *il est arrivé*, ou *elle est arrivée*; *nous sommes partis*, ou *parties*; *vous êtes venus*, ou *venues*, ne peignent ici que l'*état* du *sujet*, et non pas son *action*. *Etre* est employé comme verbe substantif; il peint l'existence. Le participe n'est qu'un adjectif. (*Voyez* 10).

(14) Celui qui est *monté*, ne fait plus l'action. Il l'a faite; il n'a donc plus rien à faire pour être ce qu'il est, *monté*. Or, *monté* n'est donc qu'un adjectif qui modifie le *sujet*. *Monté* n'est pas verbe, puisqu'il ne peint pas l'action; c'est le *verbe substantif être* qui est ici le seul verbe. Il peint l'existence du *sujet*, et *monté* le modifie. *Etre* n'est pas plus *auxiliaire* ici que dans *il* est *beau*. On appelle *auxiliaire* un verbe qui aide à en conjuguer un autre; or, par la raison que *beau* n'est pas verbe, *monté* ne l'est pas; donc *être* n'est pas ici *auxiliaire*.

(15) Nous avons donc des verbes qui n'ont pas d'*auxiliaires*? Oui; ce sont positivement tous ceux qui n'expriment pas l'action du *sujet* dans leurs tems composés. Ils rentrent dans la classe de tout verbe d'état, qui se compose du *verbe substantif être* exprimé ou sous-entendu, et d'un modificatif. Le participe n'est donc ici qu'un adjectif pur et simple qui s'accorde avec son substantif. Il exprime l'*état* et non l'action; il n'a ni sujet ni régime.

(16) Il n'y a qu'un seul cas où le verbe *être* s'emploie comme *auxiliaire*, et où, comme tel, il perd toute la force de son acception, pour prêter seulement au participe-verbe qu'il aide à conjuguer, les nombres et les personnes dont il est dépourvu. C'est quand le verbe d'*action* a pour régime direct ou indirect son propre *sujet*, ce qui arrive quelquefois. Si, par exemple, *Paul achette une maison pour son frère; il peut bien en achetter une pour lui.* Si *Pierre coupe son pain; il peut aussi se couper lui même.* Or, toutes les fois que l'action revient directement ou indirectement sur le sujet, et qu'en conséquence il est lui-même régime direct de sa propre action, comme *il se coupe*; ou seulement régime indirect, comme *il se coupe un morceau de pain*, *être* remplace *avoir*; et c'est alors qu'il est *auxiliaire*. Mais il n'y a que ce seul

cas, je le répète. Hors cela, il est *verbe-substantif*. (*Voy. la première note, page* 25).

(17) Pour faire sentir l'emploi des *auxiliaires avoir* et *être*, voici un tableau comparatif des verbes d'action avec régimes directs.

EXEMPLES COMPARÉS :

Régime direct étranger au sujet.	*Sujet régime direct de son verbe.*
Il faut l'*auxiliaire* AVOIR.	Il faut l'*auxiliaire* ÊTRE.
Elle (1) a *blessé* (2) *son frère* (3).	Elle (1) *s'* (3) est *blessée* (2).
Elles ont *instruit leurs enfans*.	Elles *se* sont *instruites*.
Elle a *endormi son fils*.	Elle *s'* est *endormie*.
Elle a *habillé sa fille*.	Elle *s'* est *habillée*.
Elle a *chagriné son frere*.	Elle *s'* est *chagrinée*.
Ils ont *promené leurs chevaux*.	Ils *se* sont *promenés*.
	au masc.
Nous avons *amusé la société*.	Nous *nous* sommes *amusés*.
Nous avons *querellé nos gens*.	Nous *nous* sommes *querellés*.
	au fémin.
Nous avons *distribué notre monde*.	Nous *nous* sommes *distribuées*.
Vous avez *b[illegible]é [illegible]s robes*.	[illegible]us *vous* êtes *brû[illegible]ées*.

Construction simple.	*Construction renversée.*
1°. *Sujet.* 2°. *Verbe.* 3°. *Régime.* Chaque participe est verbe ; il exprime une action. Chaque régime est exprimé après chaque participe. Le participe est indéclinable.	Le régime direct est transposé. Chaque participe est déclinable, et s'accorde en genre et en nombre avec son régime précédent. 1°. *Sujet.* 3°. *Régime.* 2°. *Verbe.*

(18) Dans elle *s'est blessée*; *être* ne peint plus l'existence du sujet. Il perd toute son acception ; il remplace *avoir*. Cela veut dire, elle a *blessé elle*. Le mot *elle* est le sujet du verbe, comme *se*, qui veut bien dire *elle*, en est le régime. Nous *nous* sommes *amusés*, veut dire, nous avons amusé *nous*. Le premier *nous* est le sujet du verbe, et le second en est le régime direct. Tous ces participes sont verbes; ils peignent l'*action* du sujet. Dans nous avons *distribué*, ne voyez rien, absolument rien du verbe *avoir*. Il n'est là que pour prêter ses personnes et ses nombres au participe *distribué* qui seul peint l'action. Ne voyez que l'action de *distribuer*, dont *nous* est le sujet. C'est comme s'il y avoit nous *distribuâmes*. De même, dans nous *nous* sommes *distribuées*; ne voyez rien du verbe *être*. Il n'est ici qu'auxiliaire ; il perd son acception. Le participe seul peint l'ac-

tion, comme s'il y avoit nous distribuâmes *nous*. *Être* remplace *avoir*, parce que le sujet est lui-même régime de sa propre action.

(19) *Régimes direct et indirect étrangers au sujet.*	*Régime direct étranger au sujet ; mais le sujet est régime indirect.*
Il faut l'*auxiliaire* AVOIR.	Il faut l'*auxiliaire* ÊTRE.
Elle (1) a *acheté* (2) *une maison* (3) *à son fils* (4).	Elle (1) *s'* (4) est *acheté* (2) *une maison* (3).
Ils ont *construit une cabane à leur chien.*	Ils *se* sont *construit une cabane.*
Elle a *donné la mort à son mari.*	Elle *s'*est *donné la mort.*
Elles ont *fait mal à qnelqu'un.*	Elles *se* sont *fait mal.*
Elle a *tressé les cheveux à sa sœur.*	Elle *s'*est *tressé les cheveux.*
Nous avons *fait mal à quelqu'un.*	Nous *nous* sommes *fait mal.*
Vous avez *donné une montre à votre fils.*	Vous *vous* êtes *donné une montre.*
Construction simple. Le régime suit le participe ; celui-ci est in-	Il n'y a que le régime indirect qui soit transposé. *Se*,

déclinable suivant la règle reçue.	veut dire *à soi.* Le second *nous* veut dire *à nous.* Chaque régime direct suit le verbe ; le participe est indéclinable, suivant la règle reçue.

(20) Tout participe qui peint une action est verbe, et indéclinable. Il n'est déclinable que quand son régime le précède. Ainsi, en prenant les mêmes verbes que ci-dessus, qui se conjuguent avec l'*auxiliaire être*, parce qu'ils ont leur sujet pour régime indirect, nous déclinerons le participe si nous plaçons le régime avant le verbe. Alors nous écrirons :

La maison *qu'*elle s'est *achetee* est belle.
La cabane *qu'*ils se sont *construite* est commode.
La mort *qu'*elle s'est *donnée* a été violente.
Le mal *qu'*elles se sont *fait* est considérable.
Les cheveux *qu'*elle s'est *tressés* sont défaits.
Le mal *que* nous nous sommes *fait* ne sera rien.
La montre *que* vous vous êtes *donnée* paroît bonne.

Chaque participe a pour régime précédent *que* qui représente *maison*, *cabane*, etc. Il devient déclinable, et s'accorde avec son régime en genre et en nombre. Il prend en

conséquence

conséquence le même genre et le même nombre que le relatif *que*, en raison du substantif qu'il représente.

(21) Il est très-important de s'exercer à distinguer, dans l'emploi du verbe *être*, le *verbe substantif* d'avec l'*auxiliaire* (*).

(22) Comme *substantif*, il peint l'existence du sujet, et veut dire *exister*. Le participe qui le suit n'est qu'un simple adjectif qui forme avec lui un verbe d'*état*. Il ne peut pas plus avoir de régime qu'*être beau*, *être prudent*, *être heureux* (*Voy.* 10).

(23) Comme *auxiliaire*, il perd son acception, et remplace *avoir*. Il ne sert qu'à indiquer les personnes et lcs nombres du participe-verbe auquel il est joint. Le participe seul est verbe, et peint l'action. Le sujet est toujours régime direct ou indirect de sa propre action. Les Grammairiens donnent à ces verbes-là le surnom de pronominaux, parce qu'ils se conjugent avec deux pronoms, dont le premier est toujours sujet, et le second régime. (*Voy. p.* 21). *Se*, régime direct (17), ou indirect (19). Il n'y a que dans

(*) Je ne saurais trop recommander de se pénétrer de cette différence; car ce qui rend le participe difficile, c'est l'abus dans lequel tombe souvent la multitude qui considère le verbe *être* comme exclusivement *auxiliaire*, quand au contraire c'est son plus rare emploi.

ce sens qu'il est *auxiliaire*, et que le participe qui le suit peint l'action.

(24) Le participe passé ne peut modifier le substantif que sous les deux rapports d'*état* ou d'*action*.

(25) Sous le rapport d'*état*, il rentre dans la classe des adjectifs, et s'accorde avec son substantif en genre et en nombre, soit qu'on le joigne purement et simplement à son substantif, en sous-entendant le *verbe substantif être*.

EXEMPLES.

(26) Une dame, *arrivée* de Paris, vous demande.
Plusieurs personnes, *descendues* de voiture, vous attendent.
Un tableau *vu* de loin.
Des miniatures *vues* de près.
Une maison bien *bâtie*.
Un mur mal *étayé*.
Des maisons *étayées*.

(27) Soit en exprimant le *verbe substantif être*.

EXEMPLES.

Cette Dame est *arrivée*.
Ces Messieurs sont *descendus*.
Ces tableaux sont assez *vus*.
Ces estampes sont assez *vues*.
Les maisons sont *bâties*.

Ces murs sont mal *étayés.*
Ces plantes sont *mortes.*
Ces arbres sont *morts.*

(28) Mais si le participe exprime une *action*, il est verbe. Il se conjugue avec *avoir.* (*Voyez le seul cas où il prend l'*auxiliaire être. *Introduction.* (16). Rarement avec *être.* Il est indéclinable, règle générale, quelque soit l'*auxiliaire* avec lequel il se conjugue.

EXEMPLES.

(29) Verbes sans aucune sorte de régime.

J'ai chanté, *elle a* couru, *ils ont* dormi, *nous avons* dansé; *vous avez* joué; *ils* ou *elles ont* ri.

(30) Verbes à régime indirect, ou à complément éloigné.

J'ai parlé *de vous*, *tu as* couru *à lui*, *ils ont* dormi *à l'ombre*, *nous avons* dansé *dans le jardin*, *vous avez* joué *au volant*, *ils* ou *elles ont* ri *de vos plaisanteries.*

(31) Verbes à régime direct.

J'ai brûlé mes lettres, *elle a pris* sa montre, *ils ont acheté* un cheval, *elles ont marchandé* un meuble, *nous avons compté* nos billets, *vous avez acheté* une bague.

(32) Verbes à régimes direct et indirect.

J'ai porté mes lettres *à la poste*; *elle a*

adressé son paquet *à Nancy ; ils ont donné l'aumône à un pauvre ; nous avons fait* un cadeau *à notre sœur ; vous avez prêté* des livres *à mon ami.*

(33) Verbes qui ont leur sujet pour régime indirect.

Je me suis procuré de bons livres, *pour...*	*J'ai procuré à moi.*
Tu t'es fait mal,	*Tu as fait* mal *à toi.*
Il s'est acheté un cheval,	*Il a acheté* un cheval *à lui.*
Elle s'est mis cela *dans l'esprit,*	*Elle a mis* cela *dans l'esprit à elle.*
Elle s'est donné la mort,	*Elle a donné* la mort *à elle.*
Nous nous sommes fait des cadeaux,	*Nous avons fait* des cadeaux *à nous.*
Vous vous êtes donné vos étrennes,	*Vous avez donné* les étrennes *à vous.*
Ils ou *elles se sont fait* mal,	*Ils* ou *elles ont fait* mal *à eux* ou *à elles,*

Tous ces participes sont verbes ; ils expriment l'action de leurs sujets. Ils sont indéclinables.

(34) Le seul cas où le participe-verbe devient *déclinable*, est celui où son régime direct est formellement exprimé avant lui.

EXEMPLES:

Les lettres *que* j'ai *portées* à la poste.....
Le paquet *qu'*elle a *adressé* à Nancy.....
L'aumône *qu'*ils ont *donnée* au pauvre..
Le cadeau *qu'*ils ont *fait* à leur sœur....
Les livres *que* vous avez *prêtés* à mon ami...

(*Pour les autres exemples, voyez l'introduction* (17), elle *s'*est *blessée*, etc.).

Elles *se* sont *mises* à parler...	Elle a mis *elle* à parler.
Elle *s'*est *mise* à chanter...	Elle a mis *elle* à chanter.

Nous *nous* sommes *déterminés* ou *déterminées* à partir.
Vous *vous* êtes *arrangé*, ou *arrangée*; *arrangés*, ou *arrangées* pour cela.
Nous *nous sommes instruits*, ou *instruites* de cette affaire.
Il *s'*est *fatigué* à courir.
Elle *s'*est *fatiguée* à porter ce paquet.
Elles *se* sont *fatiguées* à porter un si lourd fardeau.
Elle *s'*est *blessée* au front.
Elle *se* sont *blessées* au bras.

Avec cette seule règle, qui suffit pour toutes les constructions renversées, nous

nous rendrons compte de la déclinabilité ou de l'indéclinabilité du participe. Quand nous aurons des phrases un peu concises, ou elliptiques, nous les ramènerons à leur construction simple, en exprimant le sous-entendu. Nous nous convaincrons que la règle du participe passé est *une* et sans exception ; qu'il ne faut que s'assurer du régime, et ne décliner le participe que quand il en est formellement précédé.

Rappellons-nous que nous n'avons que le verbe substantif *être*. Que tout autre verbe porte avec lui un modificatif, et est basé sur celui-là. Que le propre de tout verbe adjectif est d'exprimer l'*état*, ou l'*action* du sujet.

Le participe passé qui exprime l'*état* du sujet, n'est qu'un adjectif.

Le participe passé qui exprime l'*action*, est verbe, et indéclinable.

Il ne devient déclinable que quand il a un régime précédent.

CHAPITRE Ier.

Les chiffres arabes renvoyent à l'introduction, et les chiffres romains aux paragraphes des chapitres.

Nous avons vu (10, 13, 14 et 15), que le participe-adjectif s'accorde avec son substantif en genre et en nombre. Sous ce rapport, il ne doit jamais nous embarrasser. Comme on dit *il* est *beau*, *elle* est *belle*; on doit dire *il* est *obligé*, *elle* est *obligée*; *ils* sont *venus*, *elles* sont *venues*; pour exprimer l'*état* ou la manière d'être du sujet.

Nous avons vu (de 28 à 33) que le participe-verbe est indéclinable; et qu'il ne se décline que quand il a un régime direct exprimé avant lui, (17, 20 et 34).

§ Ier.

Le verbe *être*, employé comme *substantif* ou comme *auxiliaire*, ne peut, en aucun cas, avoir de régime. Son participe est indéclinable.

EXEMPLES:

Nous avons été *témoins dans cette affaire.*

Il a été *enchanté de vous voir.*
Elle a été *surprise par l'orage.*
Ils ont été *forcés de partir.*

§ II.

Régimes directs transposés ; exprimés par des substantifs.

EXEMPLES :

Quelle pièce avez-vous *vue ?*
Quelles personnes a-t-il *rencontrées ?*
Quelle gravure lui a-t-on *prêtée ?*
Quelle course avez-vous *faite ?*

Toutes ces phrases commencent par le régime direct. Chaque participe-verbe s'accorde avec son régime précédent.

§. III.

Régimes directs exprimés par des pronoms.

EXEMPLE :

Voici la montre que *vous m'avez* prêtée ; *je* l'*ai* portée *pendant un mois, elle ne* s'*est pas* dérangée.

Se déranger, a pour régime son propre sujet ; *être* est *auxiliaire*, et remplace *avoir*. (*Voy.* 16, 17, 18, *et le paragraphe suivant*).

§ IV.

Régimes directs transposés, exprimés par des pronoms personnels. Seul cas où le verbe *être* est *auxiliaire* et remplace *avoir*. Le participe est verbe, et exprime une action. Sujet, régime direct de sa propre action.

EXEMPLES:

Je me *suis* affligé *ou* affligée, *pour....*	*J'ai affligé* moi.
Tu t'*es* promené *ou* promenée,	*Tu as promené* toi.
Il s'*est* trompé,	*Il a trompé* lui.
Elle s'*est* trompée,	*Elle a trompé* elle.
Nous nous *sommes* endormis *ou* endormies,	*Nous avons endormi* nous.

Dans les phrases suivantes, le sujet est régime indirect.

EXEMPLES:

Les étoffes que *nous* nous *sommes* achetées, *pour.....*	Que *nous avons* achetées *à* nous.
La mort que s'*est* donnée *Lucrèce*,	Que *Lucrèce a* donnée *à* elle.
Les maisons qu'*ils* se *sont* achetées,	Qu'*ils ont* achetées *à* eux.

CHAPITRE II.

Des pronoms indéfinis.

Tout pronom qui ne tient pas lieu d'un substantif précédemment exprimé, est indéfini ; c'est-à-dire, que n'exprimant pas nommément telle personne ou telle chose, c'est à l'intelligence du lecteur à y suppléer.

§ V.

Tout participe qui a pour régime précédent un pronom indéfini, reste au masculin singulier pour s'accorder avec son régime, qui, n'étant pas expressément féminin, ne peut pas etre considéré comme tel.

EXEMPLES:

Que m'avez-vous *demandé*?
*Qu'*en avez-vous *pensé*?
*Qu'*a-t-elle *vu*?
*Qu'*ont-ils *entendu*?

Que représente ici *un objet vague et indéterminé*, dont le genre et le nombre ne peuvent être connus que de celui qui doit répondre à la question.

Tout pronom qui tient lieu d'une phrase,

ou d'un membre de phrase, est indéfini, et par conséquent masculin singulier.

EXEMPLE:

Vous n'avez donc pas *voulu* (1) venir à Paris avec moi ? --- Je *l'*ai bien *voulu* (2), mais on ne me *l'*a pas *permis* (3).

(1) Indéclinable, parce que son régime direct *venir* est exprimé après lui (Voy. 31). --- (2) Au masculin singulier, pour s'accorder avec son régime précédent *l'* ou *le*, qui veut dire *cela*. J'ai bien voulu *cela*, c'est-à-dire *venir à Paris avec vous*. --- (3) Au masculin singulier, par la même raison. On n'a pas permis *cela* à moi.

CHAPITRE III.

D'un adverbe de quantité joint à un substantif au singulier ou au pluriel.

§ VI.

Un adverbe de quantité joint à un substantif au pluriel modifie le substantif, et ne forme qu'un avec lui.

EXEMPLES:

Que d'arbres il a *plantés !*
Combien de poires a-t-il *mangées ?*
Beaucoup de plantes *se* sont *fanées.*
Nombre de branches *se* sont *rompues.*

Plantés s'accorde avec son régime précédent *que d'arbres*. *Mangées* s'accorde avec *combien de poires*. *Fanées* s'accorde avec *se*, son régime direct qui représente *beaucoup de plantes*. *Rompues* s'accorde avec *se*, qui représente *nombre de branches*. Ces deux derniers verbes se conjuguent avec l'auxiliaire *être* (Voy. 16 et suiv).

§ VII.

Un adverbe de quantité, joint à un substantif au singulier, devient lui-même substantif ; celui auquel il est joint n'est que son restrictif (*).

EXEMPLES:

Le peu d'ardeur *qu'*il y a *mis.*
Le moins d'eau *qu'*il a *versé.*
Le peu d'amitié *qu'*il m'a *conservé.*
Le trop d'attention *qu'*il y a *porté.*

Chaque participe est au masculin singu-

(*) Restrictif veut dire qui sert à rapprocher ou à

lier, pour s'accorder avec son régime précédent *que*, qui représente lequel *peu*, ou *trop*, ou *moins*.

---

restreindre. Tous les jours nous employons des substantifs pour en restreindre d'autres, qui n'offrent qu'une idée générale que nous voulons rendre individuelle. Par exemple, quand nous disons *le chapeau de Madame*, il ne nous est plus permis de voir d'autre chapeau que celui-là. Le substantif *de Madame* n'est donc plus ici qu'une idée accessoire qui détermine la principale. L'adjectif qui suit doit nécessairement se rapporter à *chapeau*, qui est le substantif restreint, et non au restrictif. Nous disons donc :

Le chapeau de Madame est *beau*, et non pas *belle*. *Les boucles* de votre frère sont *cassées*, et non pas *cassé*.

Sans les restrictifs, *Madame* et *votre frère*, *chapeau* et *boucles* n'eussent été que des idées générales qui n'eussent représenté que le *premier chapeau*, ou les *premières boucles* venues. Nous dirions par la même raison : C'est le chapeau de Madame *que* vous avez *emporté*; en laissant le participe au masculin, parce qu'il a pour régime direct *que*, qui représente *chapeau*, et non pas *Madame*.

Dans les exemples ci-dessus, les substantifs *ardeur*, *eau*, *amitié* et *attention*, ne sont que des idées accessoires qui servent à déterminer de quoi est composé *le peu*, *le moins* ou *le trop* dont on parle, et qui deviennent ici les idées principales. En effet, il s'agit moins de la chose en entier que de la *portion* ou de la *quantité* de la chose. *Un peu de pomme* veut dire *un petit morceau* de pomme. Si nous disons *peu de pommes*, cela veut dire *des pommes en petit nombre*.

Quand l'adverbe de quantité est joint à un substantif au pluriel, il modifie le substantif sous le rapport du nombre.

Quand il est joint à un singulier, il devient substan-

CHAPITRE IV.

Des pronoms en *et* dont.

Ces deux pronoms sont d'un fréquent usage. Ils ont de particulier de porter avec eux l'acception de la préposition *de*, et signifient toujours *de telle* ou *de telles choses*. Ils ne peuvent être régime direct.

§ VIII.

En s'emploie souvent comme restrictif d'un régime sous-entendu.

EXEMPLES.

En parlant de cerises, ou de tout autre substantif féminin pluriel, il faut dire, sans décliner le participe.

J'en ai *mangé*.

---

tif, parce qu'il n'exprime plus qu'une portion d'une unité, et que cette portion devient l'idée principale.

C'est pour cela que nous disons au singulier

Un peu de liqueur est *bon*.
Le trop de lumière est *fatigant*.

Et au pluriel :

Peu de liqueurs sont *bonnes*.
Trop de lumieres sont *fatigantes*.
Le peu de personnes *que* j'ai rencontrées.

Tu en as *emporté.*
Il en a *vendu.*
Nous en avons *acheté.*
Elles en ont *marchandé.*

Parce que le régime direct est sous-entendu après le participe. Ce régime est *nombre* ou *quantité* quelconque. En effet, celui qui mange *des cerises* ne mange pas *les cerises*; il ne mange qu'*une partie* des cerises. *En*, qui veut dire *des cerises*, n'est que l'idée secondaire qui sert à restreindre l'idée principale *quantité*, *portion* ou *nombre*, sous-entendue. Donnez-moi *le pain*, c'est le demander tout entier; mais donnez-moi *du pain*, c'est ne demander qu'*un morceau* du pain. En parlant de poires, il faut dire : Je les ai *mangées*, parce que *les* est bien régime direct; mais s'il y a : J'en ai *mangé*, nous laisserons *mangé* indéclinable, parce que manger *des poires* n'est pas *les* manger, mais seulement manger *une partie* des poires.

§ IX.

Dont signifie *de qui*, ou *duquel*, *de laquelle*, etc. Il est également restrictif; mais le mot qu'il restreint est toujours exprimé, et jamais sous-entendu.

EXEMPLE.

L'étoffe *dont* j'ai *apporté l'échantillon*....

Les affaires *dont* j'ai *pris connaissance*..... Le tableau *dont* j'ai *fait la gravure*..... Les choses *dont* je vous ai *parlé*.... Ce *dont* il a été question.

C'est-à-dire : J'ai apporté l'échantillon *de laquelle étoffe*.... J'ai pris connaissance *desquelles affaires*.... J'ai fait la gravure *duquel tableau*.... J'ai parlé *desquelles choses*.... Il a été question *de cela*.

Apporté, *pris* et *fait* sont indéclinables, parce que chacun est suivi de son régime (31). *Parlé* est indéclinable, parce qu'il n'a pas de régime direct (30). Le verbe *parler*, exprime l'action ; *dont* ou *desquelles choses* sert à restreindre l'idée générale de *parler*, à un objet déterminé. Il ne s'agit pas seulement de faire l'action *de parler*, mais de parler *de ces choses-là*, exclusivement à toute autre. --- Été n'est jamais déclinable (§ I).

§ X.

En exprime aussi l'être ou le lieu d'où part l'action, d'où sort, ou d'où émane quelque chose.

Exemple.

J'*en* suis *revenu*, ou *revenue* ; tu *en* es

sorti, ou *sortie*; ils *en* sont *tirés*, ou *elles en sont tirées*; cette page *en* est *extraite*.

Tous ces participes sont joints au verbe *substantif être*, pour former un verbe d'état. Chacun est l'adjectif du sujet (10 et 13).

AUTRE EXEMPLE:

Les grâces *que j'en* ai *reçues*; les sommes *que* nous *en* avons *tirées*; les avantages qu'*elle* s'*en* était *promis*; les fruits qu'*elles* en ont *retirés*.

Tous ces participes sont verbes; ils s'accordent avec *que*, régime précédent. *Se promettre* veut dire *promettre à soi* (19 et 20). *En*, de cette chose-là, elle avait promis *lesquelles avantages* à elle.

CHAPITRE V.

De la rencontre de deux verbes.

Ce chapitre exige un peu d'attention, en raison des diverses constructions de phrases qu'il présente, et dans lesquelles nous remarquerons des inversions considérables. Nous ramènerons chaque phrase à sa construction simple, pour nous rendre strictement compte du régime de chaque verbe, quand ils auront des régimes.

Il faut commencer par observer si le premier verbe est précédé de son régime.

§ XI.

Le premier verbe étant précédé de son régime direct, le participe est déclinable, suivant la règle reçue.

EXEMPLE:

Les courriers *que* j'ai *entendus* arriver cette nuit, je *les* ai *vus* repartir ce matin.

Entendus s'accorde avec *que*, son régime précédent, comme *vus* s'accorde avec *les*, son régime précédent.

Construction simple. J'ai entendu *les courriers* arriver; j'ai vu *les courriers* repartir.

Mais observons que *courriers*, qui est régime direct d'*entendre* et de *voir*, est en même-temps sujet d'*arriver* et de *repartir*. *Que* est donc régime d'*entendus*, et sujet d'*arriver*.

Nous construisons souvent de ces sortes de phrases, où le sujet du second verbe est avant tout régime du premier. Dans j'*ai vu* Pierre *battre son chien*, Pierre est régime de *voir*, en même-temps qu'il est sujet de *battre*. D'un côté, il reçoit l'action de *je*, et communique la sienne à son chien.

Phrases dans la même construction.

On doit dire au masculin : Je *l'ai vu* peindre ; tu *l'as entendu* rire ; je *les* ai *vus* poursuivre quelqu'un ; je *les* ai *entendus* chanter une arriette.

En observant que chaque régime du participe est sujet de l'infinitif.

On doit dire au féminin : Je *l'ai vue* peindre ; tu *l'as entendue* rire ; je *les* ai *vues* poursuivre quelqu'nn ; je *les* ai *entendues* chanter une arriette.

§ XII.

Quand le participe n'est pas décliné, le pronom qui le précède ne peut être que *régime* ou *sujet* du second verbe. Dans les phrases suivantes, il est *régime*.

EXEMPLE:

Voici la dame *que* j'ai vu *peindre ;* l'arriette *que* tu as entendu *chanter ;* les comédies *que* vous avez vu *jouer ;* les personnes *que* nous avons entendu *applaudir ;* les espiégleries *qu'*elles lui ont vu *faire.*

Chaque participe-verbe a pour régime direct l'infinitif qui le suit, et chaque infinitif a pour régime direct *que*, qui précède le participe. La construction simple est voir peindre *la dame*; entendre chanter *l'arriette*; voir jouer *les comédies*; entendre applaudir *les personnes*; voir faire *les espiégleries.*

Observations sur quelques exemples de ces deux paragraphes.

C'est bien ici l'occasion d'observer que la règle du participe est née du génie de notre langue, et nécessitée par la transposition du régime direct, puisque celui qui écrit peut, à volonté, décliner ou non le participe dans la même phrase, et que cela seul dépend de la pensée qu'il veut exprimer. A-t-on vu *une dame* peindre? Il faut considérer *dame* comme régime de *voir*, et comme sujet de *peindre.* Ceci est bien voir *une dame* qui peint. Alors il faut décliner le participe, et dire : *La dame* que *j'ai vue peindre.* A-t-on vu *peindre* une dame? il faut considérer *peindre* comme régime de *voir*, et *dame* comme régime de *peindre.* C'est voir (sous-entendu quelqu'un qui fait l'action de) *peindre* la *dame.* Ce qui présente un sens bien différent, puisque c'est elle qui est peinte, et non pas elle qui peint; elle est *le régime* direct de *peindre*, et non pas *le sujet.*

C'est donc à l'écrivain à savoir ce qu'il veut exprimer; c'est-à-dire, s'il entend faire de la personne dont il parle, *le sujet* ou *le régime* du second verbe, et de construire sa phrase simplement, avant de hasarder une transposition.

Pourquoi ne dit-on jamais *la porte* que *j'ai* vue *peindre*, ni *l'arriette* que *j'ai* entendue *chanter?* Ce ne serait pas une faute de grammaire, parce que, s'il était possible de voir *une porte* peindre, et d'entendre *une arriette* chanter, ces phrases seraient correctes; mais ce serait pécher, je ne dis pas seulement contre la logique, mais contre le gros bon sens. On ne peut que voir *peindre* une porte et entendre *chanter* une arriette. Les verbes *peindre* et *chanter* sont régimes directs de *voir* et *d'entendre*; *porte* ne peut être que régime direct de *peindre*, comme *arriette* est régime de *chanter.* Une porte ne peint pas, mais on la peint: une arriette ne chante pas, mais on la chante.

Mais une personne peut peindre ou être peinte; chanter ou être chantée; poursuivre ou être poursuivie; voir ou être vue; entendre ou être entendue; applaudir ou être applaudie, etc.

La voiture *que* j'ai *vue* arrêter à votre porte, veut dire: J'ai vu *la voiture* arrêter. *Voiture* est régime de *voir* et sujet *d'arrêter*; c'est elle qui arrête, ou qui s'arrête.

La voiture *que* j'ai vu *arrêter* par les gendarmes, veut dire: J'ai vu *arrêter la voi-*

ture par les gendarmes ; *que*, n'est plus régime de *voir*, ni sujet *d'arrêter* ; il est simplement régime *d'arrêter*. Il ne s'agit plus d'une voiture qui arrête, mais qu'on arrête ; que les gendarmes arrêtent : ce qui est bien différent.

Les personnes *que* j'ai *vues* applaudir, veut dire : J'ai vu *les personnes* applaudir, ou qui applaudissaient. *Que*, régime de *voir*, est sujet *d'applaudir*. Mais les personnes *que* j'ai vu *applaudir*, veut dire qu'on les applaudissait ; *que*, est régime *d'applaudir*, et non pas régime de *voir*.

La règle du participe n'est rien ; nos erreurs ne proviennent que de la mauvaise analyse des phrases. Il est donc très-important de s'y exercer, et de ramener l'inversion à la construction simple. Tout substantif que l'on place devant l'infinitif, en est le sujet : si on le place après, il en est le régime (1 et suivans).

§ XIII.

Quand le participe n'est pas décliné, le pronom qui le précède ne peut être que *régime* ou *sujet* du second verbe.

Dans les phrases suivantes, il est *sujet*.

Exemple.

Les objets précieux *que* vous avez laissé

périr. Les personnes *que* la sentinelle a fait *entrer*.

Construction simple. Vous avez laissé *périr* ; la sentinelle a fait *entrer*.

Observations sur laisser *et* faire.

Laisser *périr*, veut dire ne pas s'opposer à l'action de périr. Donc, l'action a eu lieu. Qui est-ce qui sera le sujet du verbe périr, ou qui est-ce qui aura péri ? La réponse est toute simple : c'est *que*, ou lesquels objets.

Faire *entrer*, veut dire favoriser l'entrée, ou l'action d'entrer. Donc, l'action d'entrer a eu lieu. Qui est-ce qui sera le sujet d'entrer ? La réponse est encore toute simple : c'est *que*, ou laquelle personne.

Faire est employé au figuré, ainsi que *laisser*. Au propre, il faudrait dire : La canne *que* j'ai *laissée* à la maison. Ici, l'influence de *laisser* tombe directement sur *que*. Un cordonnier dira : Les bottes *que* j'ai *faites*, parce que le relatif *que* est bien régime de *faire*.

Mais, dans les exemples ci-dessus, *laisser* a pour régime *périr*, et *faire* a pour régime *entrer*. Observons que *périr* et *entrer* sont deux verbes. Quoiqu'ils aient reçu l'influence d'un verbe précédent, ils n'en sont pas moins verbes eux-mêmes, et il ne peut y avoir de verbe sans sujet. *Vous*, est le sujet de *laisser*. *Laisser* a bien pour régime *périr*, et *périr* a pour sujet *que*. Ce sont donc *les objets précieux*, ou *que*, qui ont péri.

De même, *faire* a pour sujet *sentinelle*, et pour régime *entrer*; car la sentinelle a fait *entrer*, ou a favorisé l'action d'*entrer*. Mais *entrer*, quoique régime de *faire*, n'en est pas moins verbe; et il lui faut un sujet. Qui donc est entré? c'est *que*, ou laquelle personne.

Il n'y a que *laisser* et *faire* employés ainsi au figuré, qui présentent, avec un infinitif, des constructions de ce genre. Mais, comme elles sont très-usitées, il est nécessaire de s'y familiariser.

Voilà pourquoi il faut écrire :

Elle *s'*est laissé *aller*; ils *se* sont laissé *aller*; ils *se* sont laissé *mourir*; on *les* a fait *entrer*; on *les* a fait *sortir*; en laissant les participes *fait* et *laissé* indéclinables, parce qu'ils ont pour régime chaque infinitif qui suit; et considérer chaque pronom *se* ou *les* comme sujets de chacun des infinitifs (*).

(*) Les grammairiens disent que *laisser* et *faire*, joints à un autre verbe, n'en doivent plus former qu'un. J'avoue que quand j'aurai vu dans le Dictionnaire de l'Académie que *faire-entrer*, *laisser-sortir*, ne doivent plus faire qu'un mot, comme *cerf-volant*, *porte-feuille*, je me rendrai à sa décision ; elle devra faire loi pour la majorité. Mais rien n'indique cette union de deux mots pour n'exprimer qu'une seule idée. Chaque verbe y

CHAPITRE VI.

De la rencontre de trois verbes.

Ces sortes de phrases sont bien moins usitées que celles à deux verbes ; cependant on en rencontre quelquefois, et il est bon de les connaître.

§ XIV.

Jamais le participe n'est déclinable dans les phrases à trois verbes, parce que le pronom qui le précède ne peut-être que le *sujet* ou le *régime* du troisième verbe.

Exemples où le pronom qui précède le participe est régime *direct du troisième verbe.*

Les affaires *que* votre ami aurait désiré voir *terminer* avant son départ, ne finiront pas de sitôt.

---

est à sa place avec le développement de son sens propre ou figuré. En analysant la phrase comme ci-dessus, nous serons d'accord avec l'écrivain dont nous aurons saisi la pensée ; nous serons d'accord avec toute grammaire raisonnée qui ne veut pas de verbe sans sujet, exprimé ou sous-entendu, et nous serons d'accord avec l'Académie qui voit bien là deux verbes.

Construction simple. Les affaires ne finiront pas de sitôt ; votre ami aurait desiré voir terminer *que* ou *lesquelles affaires* avant son départ. *Désirer* a pour régime *voir* ; *voir* a pour régime *terminer*, et *terminer* a pour régime *que*.

AUTRE EXEMPLE.

Les causes *qu'*il aurait voulu entendre *plaider* sont remises à quinzaine.

Construction simple. Les causes sont remises à quinzaine ; il aurait voulu entendre plaider *que* ou *lesquelles causes*.

Exemple où le pronom qui précède le participe est sujet *du troisième verbe.*

Voici la lettre *que* votre neveu a osé vous faire *parvenir*.

Construction simple. Voici la lettre ; votre neveu a osé faire parvenir cette *lettre* à vous.

Osé a pour régime *faire* ; *faire* a pour régime *parvenir*, et *parvenir* a pour sujet *que* ou *laquelle lettre*. C'est bien *la lettre* qui est *parvenue*, qui a fait l'action de parvenir.

AUTRE EXEMPLE.

Voici la personne *que* vous auriez désiré faire *entrer* au spectacle.

Construction simple. Voici la personne ; vous auriez désiré faire entrer *que* ou *laquelle personne* au spectacle. *Désiré* a pour régime *faire ; faire* a pour régime *entrer*, et *entrer* a pour sujet *que* ou *laquelle personne*. C'est bien elle qui aurait dû entrer.

CHAPITRE VII.

Des verbes dits impersonnels.

Il faudrait entendre par *impersonnel*, un verbe sans *personnes* ; mais ce serait un verbe sans sujet, et il ne peut y en avoir, parce qu'il n'y a pas plus de verbe sans sujet que d'effet sans cause. Les grammairiens sont convenus d'appeler *verbe impersonnel* celui qui ne s'exprime qu'avec le pronom *il*, ou la troisième personne du singulier. C'est à nous d'observer que ce pronom *il* n'est mis là pour aucun substantif précédemment exprimé ; qu'en conséquence, c'est un pronom *indéfini* (chapitre II) soumis à l'intelligence du lecteur qui doit l'interpréter à sa manière.

§. XV.

Un verbe impersonnel peut avoir un régime direct exprimé avant son participe. Le participe est indéclinable.

EXEMPLE.

Les chaleurs *qu'*il a *fait*; les froids *qu'*il a *fait*; les pluies *qu'*il y a *eu*; les orages *qu'*il y a *eu*.

Remarque. Point de doute, en déclinant notre *participe-verbe* quand son régime est transposé, que nous n'ayons l'intention de distinguer le régime du sujet, parce que nos verbes d'action ont les trois personnes pour sujet, et peuvent avoir des régimes de plusieurs genres et nombres. Mais nous n'avons point ici besoin de cette mesure. Il, étant le seul *sujet* que puisse avoir le verbe impersonnel, et *que* son seul *régime*, le sujet et le régime ne peuvent jamais se confondre.

Si nous voulons nous rendre compte de ce que représente *il*, nous aurons *le ciel*, *le nuage*, *le tems*, ou tout autre substantif qui donnera l'idée de l'*être* auquel on puisse raisonnablement attribuer la faculté de faire *chaud*, de faire *froid*; d'avoir la *pluie*, les *orages* à sa disposition. En parlant d'une contrée, nous disons souvent : *Il y a fait beaucoup d'orages*; cela veut dire *il* ou *lui*, autrement l'*être* qui en a la faculté ou la puissance, a fait beaucoup d'orages dans cette contrée-là. *Y* est un pronom indéclinable, comme *où*. Car *où* allez-vous? veut dire *en quel lieu* allez-vous? *Y* allez-vous? veut dire : allez-vous en *cet endroit*? Allez-*y*, c'est-à-dire : *allez* à cet endroit.

CHAPITRE VIII.

Du participe précédé de son régime et suivi d'un modicatif ou adjectif.

§. XVI.

L'adjectif qui modifie le régime précédent, n'empêche pas le participe de se décliner.

EXEMPLE.

Elle *s'*est *faite* religieuse; elle *s'*est *rendue* favorable à nos vœux; elles *se* sont *rendues* prisonnières; elles *se* sont *crues*, et je *les* avais *crues* moi-même habiles à succéder; il *s'*est *vu* forcé; ils *se* sont *vus* forcés; elles *se* sont *vues* forcées.

Tous ces verbes se conjuguent avec l'*auxiliaire être*, parce qu'ils ont leur propre sujet pour régime direct (16). Chaque participe est déclinable, parce que le régime précède.

Quelques personnes, et c'est le petit nombre, pensent que le modificatif indique suffisamment le genre et le nombre du régime, sans qu'il soit nécessaire de décliner pour cela le participe. Alors, on pourrait écrire, suivant cette opinion : elle *s*'est *fait* religieuse; elle *s*'est *rendu* favorable à nos vœux.

Observons qu'*être* s'emploie comme *auxiliaire*, quand le sujet est régime *direct* ou *indirect* de son propre verbe. Nous venons de le voir ici comme régime direct transposé; car, elle *s*'est *faite* religieuse, veut bien dire : elle a fait *elle* religieuse; elle a rendu *elle* favorable. Point de doute alors que *religieuse* ne soit employé que comme adjectif de *se*, régime du verbe, ainsi que *favorable*. Il faut donc *faite* et *rendue*.

Mais en employant *se* comme régime *indirect*, nous pouvons dire : Elle s'est *rendu* favorable *la personne* à qui elle a parlé; ce qui veut dire : elle a rendu *la personne* favorable à elle. *Se* n'est plus ici qu'un régime *indirect*. C'est le substantif *personne* qui est régime direct de *rendre*; *rendu* doit être indéclinable, puisque son régime est après lui; *favorable* est son adjectif. Or, un adjectif n'est qu'un modificatif, c'est le substantif modifié qui peut seul être sujet ou régime d'un verbe, et non pas son adjectif.

On ne peut donc pas se permettre de dire : Elle *s*'est *rendu* favorable à nos vœux, parce que *favorable* n'est que l'adjectif du régime, et non pas le régime. Le régime direct est *se*, qui représente *elle personne*; donc il faut *rendue*, puisque c'est effectivement elle qui *s'*est *rendue*, ou qui a rendu *elle* favorable.

Quant à ceux qui demandent si *se* est régime direct de *faire*, dans elle *s'*est *faite* religieuse, on peut hardiment leur dire : Oui, il l'est effectivement, dans le sens figuré où le verbe *faire* s'emploie ici. Cette métaphore n'a pas même d'équivalent; elle peint vivement la volonté libre de l'être qui fait profession.

Sans métaphores, ni sens figurés, que deviendraient les langues? Le propre du verbe est de peindre *l'état* ou *l'action* du sujet. Employé dans son sens propre ou figuré, il n'en est pas moins verbe. Son participe suit la règle. Ne dit-on pas journellement *se faire* au climat, pour *s'*habituer au climat; *se faire* au caractère de quelqu'un, pour *s'*habituer au caractère? Il faudrait donc renoncer à ces métaphores, c'est-à-dire, aux richesses nationales des langues? mais, si on veut les employer, il faut nécessairement se conformer aux règles reçues. Alors nous dirons : Elle *s'*est *faite* religieuse, comme elle *s'*est *faite* aux usages, au climat de tel pays. Ce qui est encore plus expressif que : elle *s'*est *rendue* religieuse; elle *s'*est *habituée* aux usages.

CHAPITRE IX.

Du participe actif.

C'est ici l'occasion de remarquer la belle simplicité de la langue française, et d'observer que le substantif, et sur-tout le verbe, sont les deux parties du discours les plus essentielles à connaître.

Le substantif donne l'idée de l'être dont nous parlons, et que nous appelons sujet. Le verbe donne l'idée de la modification du sujet.

Nous n'avons, dans la nature, que deux points de vue sous lesquels nous puissions apercevoir le sujet ; d'où il résulte que nous n'avons que deux manières de le modifier. Nous exprimons ce qu'il *est*, ou ce qu'il *fait*.

Il n'y a pas de phrases sans verbe, puisque nous ne parlons du sujet que par un motif quelconque, et que ce motif n'est, et ne peut être, que l'état où il se trouve, soit tranquille, soit agissant. Donc, le sujet *est* de telle manière, ou il *agit* de telle manière.

Si nous exprimons ce qu'il *est*, nous formons un *verbe d'état*, parce qu'en effet nous peignons l'état où il se trouve.

Si nous exprimons ce qu'il *fait*, nous formons un *verbe d'action*, parce qu'alors nous lui imprimons un mouvement physique ou moral, soit individuel, soit relatif.

Nous avons avons vu (10) que, généralement parlant, tout verbe d'état s'exprime avec le verbe *substantif être*, auquel on ajoute un modificatif qui est toujours l'adjectif du sujet.

Le verbe d'action a aussi pour base le verbe *être*; mais il est à remarquer que le modificatif qui y est ajouté ne modifie pas le sujet sous le rapport de la qualité, mais du *mouvement*. Ce modificatif peint l'action du sujet; et il est indéclinable, c'est-à-dire qu'il ne change jamais, de tel genre ou de tel nombre que soit le sujet auquel il se rapporte. Nous avons remarqué (11) que tout verbe d'action a une forme abrégée qui lui est particulière, et qui le distingue du verbe d'état.

C'est ainsi que :

Obliger veut dire	*être obligeant.*
Agir,	*être agissant.*
Voir,	*être voyant.*
Surprendre,	*être surprenant.*

Dans les formes abrégées, *obliger, agir*, etc., le verbe *être* est sous-entendu, et n'existe que dans la pensée. Séparons un moment le verbe *être*, pour nous occuper exclusivement des modificatifs, et nous verrons que chacun d'eux exprime l'*action* du sujet. Ici nous devons voir le sujet comme *agissant* par lui-même, comme *faisant effectivement* l'action exprimée par le modificatif; et rappelons-nous bien que dans ce sens, le modificatif est indéclinable, car c'est un verbe d'action.

Cette différence bien sentie entre le *verbe d'état* et le *verbe d'action*, doit nous donner la clef des participes en *ant*. Nous aurons un principe fondamental avec une seule règle, à l'aide de laquelle nous ne nous tromperons jamais.

Prenons pour exemple *obligeant*, et considérons ce mot comme la racine d'un modicatif que nous voulons joindre au verbe *être*.

Voulons-nous former un *verbe d'état* qui ne désigne pas l'action du sujet? il n'exprimera qu'une qualité, et non une action, si nous le rendons déclinable. Alors nous dirons : *Ces messieurs sont obligeans; cette dame est obligeante. Obligeant* ne peint ici que la qualité de l'individu qui est disposé à obliger. Ouvrons le dictionnaire : il nous dit qu'*obligeant* est un adjectif qui signifie *officieux, qui aime à obliger, qui aime à faire plaisir.*

Voulons-nous en former un *verbe d'ac-*

tion? ne le déclinons pas : il ne sera plus adjectif, il sera verbe. Alors nous dirons : *J'ai vu cette dame* obligeant *les uns* et *les autres*, agissant *sans cesse pour faire le bien*, voyant *tout de ses propres yeux*, et surprenant *tout le monde par la vivacité de son esprit et la bonté de son cœur*. Ici le modificatif exprime bien l'action que fait le sujet. Il oblige, il agit, il voit, il surprend. C'est comme s'il y avait à l'infinitif : Je l'ai vue *obliger, agir, voir* et *surprendre*.

J'appelle *infinitif*, le participe indéclinable, pour le distinguer de quelques participes déclinables que l'on nomme *adjectifs* verbaux, et que le dictionnaire range, à juste titre, dans la classe des adjectifs. Je prends ce moyen, moins pour le plaisir de paraître novateur, que pour établir une ligne de démarcation formelle dans le même mot, ou la même racine d'où nous tirons, d'un côté, un véritable *infinitif*, qui peint l'action, qui est bien verbe; et de l'autre, un *adjectif* qui ne peint qu'une qualité. Est-ce par la similitude des lettres qui composent le *verbe* et *l'adjectif*, que nous devons appeler cette racine *participe*? Il me semble, au contraire, qu'en raison de l'emploi si opposé que nous en pouvons faire, nous devons leur donner à chacun une dénomination distincte qui tende à rendre palpable la différence des emplois. D'ailleurs, l'infinitif en *ant* est commun à tous les verbes; et il s'en faut de beaucoup que de tous ces infinitifs, nous ayons tiré des adjectifs en *ant*. Sous ce seul rapport, la majeure partie de nos verbes n'ont que des infinitifs en *ant*, qui, comme l'infinitif proprement dit, expriment l'action du sujet, sans désinence de nombre ni de personnes. Comme ces infinitifs-là n'ont jamais de déclinabilité, ils ne participent donc jamais du nom ? il s'en suivrait que la majorité de nos verbes n'auraient pas de participe en *ant*; ce qui est très-vrai.

Il n'en est pas de même du participe passé : il est bien réellement participe ; car il est verbe, exprimant bien l'action, et cependant il devient déclinable chaque fois que son régime le précède. Il est donc en même-tems *verbe* et *adjectif*, puisqu'il s'accorde avec son régime précédent.

Mais *obligeant* est une racine d'où nous tirons un *adjectif* ou un *verbe*. Est-il adjectif ? il n'exprime pas l'action ; il exprime seulement une qualité, et il est déclinable. Est-il verbe ? il exprime l'action de son sujet : il peut avoir son régime ; il est infinitif, puisqu'il n'a aucune inflexion ni désinence, quelque soit son sujet.

Il peut donc être ou *verbe* ou *adjectif*, mais jamais l'un et l'autre. Comme il ne participe jamais des deux natures, il n'est pas participe. Ce que nous disons sur *obli-*

geant, peut s'appliquer à tout prétendu participe en *ant*, qui est généralement une forme d'infinitif commune à tous les verbes des quatre conjugaisons, dont on a tiré quelques adjectifs qui sont relatés comme tels dans le dictionnaire, et dans l'emploi desquels on ne pourrait se tromper qu'en leur donnant un régime.

Par exemple, ce serait une faute grave que d'écrire : *J'ai vu cette dame* surprenante *un enfant dans son jardin :* parce qu'un verbe d'état ne peut ni ne doit avoir un régime ; il n'y a que les verbes d'action. *Surprendre un enfant*, est bien une action. Il faut nécessairement *surprenant* un enfant ; ce doit être un *infinitif*, et non un *adjectif*.

Mais on dira *des nouvelles surprenantes :* parce qu'*être surprenant* est un état, et non pas une action. Ici, c'est un adjectif que nous formons pour peindre une qualité. Ce qui est *surprenant*, est ce qui peut surprendre, ce qui est fait pour surprendre, et non pas ce qui fait dans le moment l'action de surprendre. Dans Pierre *caressant* son chien, *caressant* est verbe, il peint l'action ; c'est Pierre *qui caresse* son chien. *Une chienne douce et caressante ; caressante* n'exprime pas l'action que fait la *chienne* en ce moment ; il n'exprime que la qualité. *Elle* a déjà *caressé ; elle caressera ; elle* est portée à *caresser ;* mais elle ne caresse pas dans le moment.

Caressante est *adjectif*, et non pas *verbe* dans ce sens.

C'est donc à nous seuls à connaître la différence qu'il y a de *l'état* à *l'action* du sujet, pour employer, suivant le cas, *l'infinitif* qui exprime l'action, ou *l'adjectif* qui n'exprime que la qualité propre à l'action.

M. Pierre Daru a fait à ce sujet une remarque très-judicieuse, en mettant en parallèle plusieurs vers de nos meilleurs auteurs, qui avaient, avec dessein, employé alternativement le participe *décliné*, et non *décliné*; ce que j'entends par *infinitif* ou *adjectif*.

J'en vais rapporter un seul exemple. On y verra d'autant mieux l'intention de l'auteur que la versification ne l'a point gêné, et qu'il pouvait, sans rien changer à la mesure du vers, former un *adjectif*, ou un *infinitif* à son choix.

> Et n'est-ce point, Madame, un spectacle assez doux,
> Que la veuve d'Hector *pleurant* à vos genoux ?
>
> ANDROMAQUE.

Pleurant indéclinable est verbe; il peint l'action. Ici l'auteur peint Andromaque comme *pleurant* en effet. Les larmes coulent.

Dans la même pièce, on remarque cet autre vers :

Pleurante après son char, voulez-vous qu'on me voie?

Pleurante est décliné, et par conséquent adjectif; il exprime plus ici l'état que l'action; il se rapproche plus de *pleureuse* que de *pleurer*. *Pleureur* donne l'idée de celui qui pleure facilement; *pleurant*, indéclinable, peint l'action de pleurer; *pleurant*, *pleurante*, peint l'état de celui qui vient de pleurer pour un motif quelconque, ou qui va pleurer, mais non qui pleure en effet. *Être pleurant*, *pleurante*, peint l'état qui précède ou suit l'action; ce ne peut être qu'une disposition à l'action, ou une suite de l'action; quelquefois même l'un et l'autre, mais non pas l'action proprement dite. *Pleurante* est bien celle qui pleure pour un sujet triste, mais à laquelle on n'attribue pas pour cela l'action dans l'instant même où on parle d'elle. C'est plutôt sa situation que son action qu'il s'agit de peindre ici.

Si l'auteur a véritablement eu l'intention d'exprimer un *infinitif* pour peindre l'action, et un *adjectif* pour peindre un état, une situation, prenons-le pour exemple. Convenons qu'une auguste captive, comme Andromaque, en supposant qu'elle eût suivi le char de Pyrrhus, eût dû pleurer, mais n'eût pas pu *pleurer* tout le tems employé aux honneurs du triomphe : la nature n'y pourrait suffire. L'infinitif *pleurant* eût été mal employé : mais *pleurante*, qui ne peint que l'état dans lequel se trouve celle qui a sujet de pleurer, peignait bien la situation où se serait trouvée Andromaque. Racine n'aurait donc pas employé sans intention *pleurante*, qui ne peint que l'état, quand plus haut il a mis *pleurant*, pour peindre l'action.

Je pense, avec M. Daru, qu'il n'y a pas là de subtilité, mais une délicatesse de goût qui rend l'écrivain sévère sur le choix des expressions, sur-tout quand il veut former des nuances qu'il est essentiel de bien saisir.

OBSERVATIONS

Sur les verbes coûter, valoir, durer *et* vivre.

Coûter quelque chose, *valoir* quelque chose, *durer* dix ans, *vivre* dix ans, sont-ils des verbes dont l'action sort du sujet pour tomber directement et immédiatement sur un objet quelconque ? Enfin, sont-ils susceptibles de régimes directs.

Non. *Quelque chose* n'est le régime de *coûter*, ni celui de *valoir*; *dix ans* n'est le régime de *durer*, ni celui de *vivre* : ce sont des adverbes, et non pas des régimes. *Coûter*, veut dire *être acheté le prix de....* Or, la chose qui *coûte* le prix de.... est achetée *moyennant* le prix de.... Il ne reste plus qu'à modifier le verbe, qu'à énoncer le prix. Peut-on raisonnablement considérer la somme énonciative du prix comme l'objet sur lequel la chose achetée exerce son action? Non, certes : ce serait tomber dans une erreur grossière. L'objet qui coûte *telle somme* n'exerce aucune influence sur cette somme. *Telle somme* que ce puisse être n'est mise là que pour exprimer la valeur par laquelle l'objet se trouve *acheté*.

Il en sera de même de *valoir*, qui veut dire *être du prix de....* de *durer*, qui veut dire *continuer d'être pendant le tems de....*, et de *vivre*, qui veut dire *être en vie pendant le tems de....*

Coûter cent francs, est donc une phrase elliptique équivalente à *être acheté* moyennant le prix de cent francs. *Cent francs* est un adverbe de quantité.

Valoir cent écus, est encore une phrase elliptique équivalente à *être de la valeur de cent écus*. *De cent écus*, est encore un phrase adverbiale.

Durer cent ans, veut dire *continuer d'être pendant cent ans*. C'est un adverbe de tems.

Vivre dix années, veut dire *être en vie pendant dix années*. C'est encore un adverbe de tems.

N'employons-nous pas journellement des phrases adverbiales composées avec des substantifs que nous plaçons immédiatement après nos verbes d'action, et que cependant nous ne considérons pas pour cela comme régime direct du verbe, quoiqu'elles en occupent la place ? Par exemple, on dit fréquemment, en formant une ellipse :

Il chanta *toute la nuit*; il dormit *le jour*; il sortit *matin*. Qu'est-ce donc *toute la nuit*, *le jour*, et *matin*? Ne sont-ce pas là de véritables adverbes ? Quel est celui qui ne voit pas là le retranchement d'une préposition sous-entendue? Quelqu'un qui ferait de ces *adverbes* un *régime*, se tromperait bien grossièrement.

Or, on dit : *Toute la nuit qu*'il a *chanté*, et non pas *chantée*, parce que le relatif *que*, qui représente *laquelle nuit*, n'est pas le régime de *chanté*, mais bien *l'adverbe* qui le modifie. On doit dire, par la même raison :

> Les trois cents livres *que* cette montre m'a *coûté*.

Les faveurs *que* cette démarche m'a *valu*.

Les dix années *que* la guerre a *duré*.

Les trente années *que* cet homme a *vécu*.

Parce que chaque relatif *que* n'est qu'un adverbe qui modifie chaque verbe, et n'en est nullement le régime. Ces verbes ne peignent que l'*état* du sujet, et non point son *action*.

De même que nous employons des substantifs et des membres de phrases adverbialement, nous employons quelquefois des verbes d'action, pour n'exprimer que l'*état* du sujet. Par exemple, *Pierre coupe son pain*, est bien un *verbe d'action*. Pierre fait réellement l'action de couper. Mais en parlant d'un couteau qui est sur une table, on peut dire : *Ce couteau coupe bien*. Ce n'est plus qu'un *verbe d'état*. C'est comme si l'on disait : *Il est en état de bien couper quand on s'en sert*. Quand on dit de quelqu'un : *Il chante agréablement*; ce n'est qu'un *verbe d'état*, si la personne dont on parle ne *chante pas en effet* dans le moment.

Attachons-nous donc aux idées, et non au mécanisme des mots. Mais, malheureusement pour nous, la facilité de notre mémoire nous a donné le change sur ce que nous avons cru apprendre dans notre jeune âge, et nous avons payé en même monnaie nos maîtres et nos parens. Bientôt le tems arrive où le prestige tombe, et c'est alors que, nous jugeant plus sévèrement nous-mêmes, nous reconnaissons que notre tête est pleine de mots, et vide d'idées.

OBSERVATIONS

Sur le but et l'utilité des langues, sur ce qu'il faut entendre par PENSER, *et sur l'acception des verbes* EXISTER *et* ÊTRE.

L'INDIVIDU que nous voyons pour la première fois fixe notre attention par cela seul qu'il *existe*. Les enfans, pour qui tout est neuf, ne sont si curieux et si questionneurs que parce qu'ils veulent se rendre compte des individus qui les environnent, pour se procurer la jouissance des uns et éviter la rencontre des autres. Ce sentiment nous est si naturel qu'il devient le mobile de nos pensées et de nos actions. De nous-mêmes nous *pensons*. Nous tenons cette faculté de la nature, qui nous a doués de deux organisations; l'une *physique*, pour agir; l'autre *morale*, pour diriger nos mouvemens. PENSER est avoir des *idées*, les *analyser*, et porter des *jugemens*.

L'IDÉE est l'image de l'individu, présent ou absent, qui nous occupe.

L'ANALYSE consiste à décomposer un *tout*, pour en connaître les parties constitutives, et à les rassembler entr'elles pour en reformer le même *tout*. C'est ainsi que nous aurons bien l'idée d'un vase quelconque, quand nous en observerons les parties constitutives, comme *le col*, *le corps*, *le pied*, *les anses*, etc., et que nous les rassemblerons entr'elles pour en reformer le même vase.

Le JUGEMENT consiste à mettre nos idées en comparaison les unes avec les autres pour les unir si elles se conviennent, et porter un *jugement affirmatif*, comme *Cicéron* était *orateur*; ou à les séparer, et porter un *jugement négatif*, comme *Cicéron* n'était pas *poëte*. Il faut entendre par *pensée* une suite d'idées comparées, pour former un sens complet.

Le but et l'utilité de toutes les langues sont d'exprimer *ses pensées*. La pantomime est le langage d'*action*; la voix forme la langue *parlée*; les lettres forment la langue *écrite*. Tous les peuples civilisés ont une langue *parlée* et *écrite*. Cette dernière, qui n'est que le signe représentatif de l'autre, est d'un avantage inappréciable pour la société, en ce qu'elle propage fidèlement la pensée où une seule et même voix ne pourrait parvenir, et où la tradition pourrait altérer la vérité des faits.

La faculté que nous avons de *penser*, nous mettant à même d'observer les individus qui de prime-abord fixaient notre attention, nous apprend bientôt à les voir dans leur véritable jour. Ils nous deviennent ensuite si familiers, qu'à chaque instant nous les rencontrons sous nos pas sans y prendre garde, en tant que nous les retrouvons, soit dans l'*état*, soit avec le *mouvement* où nous avons contracté l'habitude de les voir. Ils ne sont plus pour nous que des individus *existant* purement et simplement. Mais du moment où nous remarquons dans un individu un changement sensible, un nouveau rapport s'établit entre nous et lui; il nous occupe, et nous éprouvons le besoin d'en parler. Il cesse dès l'instant même d'*exister* purement et simplement pour nous; c'est moins son existence proprement dite qui nous frappe, que la modification que nous lui remarquons. C'est ici l'occasion de nous rendre compte de la différence qu'il y a entre *exister* et *être*.

Exister est un verbe adjectif qui renferme deux idées : *être existant*. Il peint le sujet auquel on attribue l'existence proprement dite; c'est-à-dire, ce qu'il doit être pour être ce qu'il est. Séparons l'adjectif *existant*, il nous restera *être*; expression qui n'a pas d'équivalent, et dont les fonctions consistent à présenter le sujet comme se dégageant de son existence habituelle, pour éprouver une modification. Être s'empare alors du modificatif qui le suit, et le reporte sur son sujet qui le précède; il est *substantif*, parce qu'il n'exprime aucune modification par lui-même, et qu'il les reçoit toutes pour en revêtir son sujet, et nous l'offrir sous un nouveau jour. Voici pourquoi, seul, il ne forme pas de sens complet, et laisse l'esprit dans l'attente de la modification qu'il prépare son sujet à recevoir. Le sujet ne peut pas *exister* sans *être*, mais il peut *être* sans *exister*. En effet, le modificatif du sujet peut être de nature à écarter l'idée d'existence proprement dite, sans pour cela qu'il cesse d'être. Aussi peut-on dire : *cet animal* est *mort*, et non pas *il* existe *mort*. *Être*, n'exprimant aucune modification, est compatible avec toutes. Le modificatif *existant*, que renferme *exister*, est incompatible avec le modificatif *mort*, dans le même sujet. Le sujet peut donc cesser d'*exister* et continuer d'*être*; mais s'il cesse d'*être*, il ne peut plus *exister*.

De l'Imprimerie de DONDEY-DUPRÉ, rue des Coutures-St.-Gervais, n°. 20, au Marais; et rue Neuve-St.-Marc, n°. 10, près la place des Italiens.

www.ingramcontent.com/pod-product-compliance
Ingram Content Group UK Ltd.
Pitfield, Milton Keynes, MK11 3LW, UK
UKHW022125260726
13993UKWH00003B/1244

9 782329 163765